레몬옐로

장이지 시집

문학동네시인선 106 장이지

레몬옐로

시인의 말

   역사가 끝나도 시간이 흐른다는 것은 꽤나 신기한 일입니다.
   어렸을 때부터 동경해오던 빛, 장대비가 내리던 날의 제 창문에 비친 빛, 이번에는 그것을 '레몬옐로'라고 불러봅니다. 투명해져가는 몸을 끌고 용케도 여기까지 왔다는 생각이지만,
   여러분, 저는 '그 빛'에 이른 것일까요?

2018년 5월
장이지

차례

1부

군대 이야기
—플랫

플랫은 세계가 꾸는 꿈.

세계가 망가지더라도
그 꿈만은 계속되는지도 모른다.

모르는 사이에
인간은
플랫에 봉사한다.

우리가 욕망하는 것들은
데이터가 되어
플랫을 평평하게 확장한다.

나는 이 이야기를
군대에 있을 때 나보다 어린 선임에게
들은 기억이 있다.
그는 삽으로 땅고르기를 하고 있었다.

자장가

내가 사는 섬은 무인도다. 산양을 치고 시를 쓴다. 가끔 네가 찾아온다. 나와 마주앉아서 너는 내 뒤통수의 하얀 소용돌이를 보고 간다. 산양들이 일기를 쓰고 나는 무인도가 된다. 산양들은 꿈을 꾸고 나는 마당을 쓴다. 파도 위로 달이 빛난다고 쓴다. 내가 보고 있지 않은 달의 여백을 네가 보고 있다고 믿는다. 네가 나의 사각(死角)을 보아주고 있어서 빛 속에서 나는 저 달을 보아도 좋았는데. 달의 라디오에서 흘러나온 너의 음성이 귓전에 붐빈다. 집들보다 높은 바다의 검은 날개가, 내가 볼 수 없는 너의 수면(睡眠)을 두껍게 감싸안는다.

자해
—유령

칼로 그어보면
눅진한 점자로 통증이 돋아난다.
몸은 사라지려 하는데,

나는 죽기 전에 유령이 될지도 모른다.
감쪽같이 사람들이 자취를 감춘
도시에서 새로 태어날지도.

빈 도시에서 나는 콧노래를 흥얼거리고
그것을 바람에 실어보내고
바람이 돌아오기를 기다릴 것이다.
배수관에 가만히 귀를 대어볼 것이다.
거대한 적란운이 일어나 이쪽을 돌아보겠지.
나는 거리를 마구 쏘다니고.

설교도 찬양도 없이 빛의 빈 사원이 세워진다.
대낮의 거리를 휩싸고 있는 공기를 느낀다.
죽는다면 어차피 보이지 않는 바이러스에 죽겠지.
에볼라, 사스, 혹은 트로이의 목마 바이러스……

그전에 나는 유령이 된다.
그 많던 물신들이 몸을 잃고 금융자산이 된 것처럼.

유령 따위는 되고 싶지 않은데,
칼로 그어보면 신의 유언이 붉게 돋아날까.

'나 여기 있어요.'

키메라
—유령

곧 피자 배달부가 올 것이다.

어두운 거실의 텔레비전에서는
인두겁을 쓴 외계인이 등장하는 프로그램이 방영중이다.

아무도 보는 사람은 없다.

도처에 피자 박스가 널브러져 있다.
아무렇게나 벗어둔 옷가지들이 있다.
옷가지들의 구멍은
무언가 이해를 구하고 있는 것처럼 보인다.
시체가 없이 입 벌린 묘혈(墓穴) 같다.

저것들은 나중에 키메라를 만드는 데 필요한 것들이다.
시체 더미 위의 프랑켄슈타인 박사처럼
바느질의 일로 나는 고뇌한다.

컴퓨터 모니터가 켜져 있고
나는 없다.
나는 성기사와 싸우는 중이다.
말하자면 나는 키메라다.
사람이라면 이렇게 외로울 리 없다고*
내 친구는 위서(僞書)처럼 서러운 말을 했다.

내가 키메라라는 사실이 조금 힘들지만,
곧 피자 배달부가 올 것이다.

나는 복수할 것이다.

* 김경주의 「드라이아이스」에서 따옴.

지박령(地縛靈)
─유령

지낼 곳이 없다고 그는 말했다. 열심히 찾고 있지만 번번이 실패라고 하면서 시무룩해졌다. 보증금 때문에, 높은 월세 때문에 갈 수 있는 곳이 없다고 풀이 죽었다. 그러면 집을 찾을 동안만 같이 있을래? 하고 제안한 것은 나였지만.

방에 돌아오면 항상 그가 있다. 그는 수험서를 잔뜩 들고 와서 가끔 밑줄을 그으며 공부를 한다. 밤늦게까지 스마트폰을 들여다보면서 청색광을 흘린다. 내 잠옷을 빌려 입고 내 냉장고를 축내면서 와식(臥食) 생활의 정점을 보여준다. 내가 아끼는 누비이불과 거의 일체가 되어간다. 방 이야기를 꺼내면, 또다시 시무룩해져서는 눈가가 촉촉해진다. 그러면 내게는 내 잠옷 밑으로 길게 삐져나온 그의 흰 발목이 보인다. 참 멀쑥한 슬픔이로고! 그는 점점 희미해져간다. 다른 게 아니라 바로 그것이 슬픈 것이다.

나는 이 멀쑥하게 키만 큰 유령을 피해 다시 거리로 나선다. 무언가 영양가 있는 야식을 사다 먹여야겠다. 하지만 나도 나다, 참.

좀비 일기
―유령

다행히 락스가 남아 있다. 아무리 닦아도 방에서는 퀴퀴한 냄새가 가시지 않는다. 텔레비전에서는 연일 추락하는 증시 이야기뿐이다. 북한 잠수정의 행방이 묘연하다는 소식이 들려온다. 며칠째 정부는 대대적으로 인터넷을 통제하고 있다. 락스에 담가둔 걸레로 방바닥을 닦는다. 건너편 아파트에서 누가 이 모습을 본다면 우스울 것 같다. 여기저기 구멍이 나 있다. 왜 이리 우습게 입고 있는지…… 걸레가 지나간 자리에 발자국이 어지럽게 찍힌다. 그것은 묘한 감동을 준다. 형언할 수 없는 느낌이다. 다음은 마른걸레로 닦기. 오랜만에 땀을 흘리는 느낌이 좋다. 발자국은 잘 지워지지 않는다. 분명히 방금 전까지 슬픈 일이 있었는데, 무엇 때문인지 이유가 떠오르지 않는다. 밤이 온다. 텔레비전에서는 옛날 영화를 리메이크한 영화가 끝나가고 있다. 물을 마시러 가는 사이에 몸에서 구더기가 몇 개 떨어진다. 새로 옷을 사야지. 옷에 구멍이 여러 개다. 몸이 헐렁하다. 어디선가 낯익은 목소리의 외국어가 들려서 보니 영화의 엔딩 크레디트가 올라가고 있다. 멀고먼 인간세계의 언어…… 가슴에 티눈이 생길 것처럼 아득하다. 창문 너머 어둠에서 먼 엔진 소리가 들려온다.

십이면상(十二面相)
—유령

그 방엔 열세 개의 문이 있고
그 문으로 열세 명의 아이가 드나든다.
열세 명의 아이들은
각자의 문으로만 드나들고
서로 마주치는 일은 드물다.
그 방은……

(사실
나)

한 아이가 그 방에 들어왔다.
그 아이가 어떤 여자아이를 죽였다.
다른 아이들이 그 방에 모여서 의논했고
결론은 쉽게 내려지지 않았다.

어느 날인가는 한 아이가
독단적으로
그 아이의 문을 시멘트로 발라버렸고
그 아이는 벽 저편에서 죽었다.

나는 뉘우치지 않는다. (그러나 무엇을?)
(어떤 죽음에 대한?)
내 안에는 열두 개의 문과 봉인된 하나의 문이 있다.

내 안에 교대로 어떤 아이들이 출몰하고
나는 가끔,

내가 아닌 것 같다. (가슴이 아프다)

한 아이가 그 방에 들어왔다.
참 독단적인 아이.

대니 보이

말하지 않는 사이에
마음의 틈이 생기고
뱀 같은 것이 그 밑을 기었다.

여름날이었다.

넥타이를 맨 친구가 친구의 어깨를 툭툭, 치고
뒷걸음질로 어둠에 녹아들어갔다.
마지막이라고 생각했다.
등을 보여주고 싶지는 않았다.

목이 늘어난 라운드 티는
부르튼 입술을 살짝 깨물었다.
뱀 같은 것이 턱관절을 열고
죽어버린 마음을 집어삼키려 하고 있었다.

누워 있는 개

오늘 나의 개는 아무것도 하지 않고 잠잠합니다.
다리에 턱을 괴고 누워 있습니다.
등에 나뭇잎 한 장을 올려놓습니다.
가만히 있어줍니다.

그것으로,
의미가 없을 정도지만 아주 조금 습윤해진 은하(銀河).
개와 나 사이의 없음.

꿈의 상자

새 구두라고 쓴 종이를
상자에 담는다.
머플러라고 쓴 종이를
상자에 담는다.
출근 첫날의 복장을 상상한다.

남자친구와 함께 취직을 자축하면서
따뜻한 차에 비스킷을 먹어도 좋으리라.
나무십자가 소년합창단이 내한한다면
함께 보러 가야지.
남자친구라고 쓴 종이를 상자에 담는다.

벽장 안에는 지연된 꿈의 상자들이 쌓여만 간다.
납골당이라고는 말하지 않는다.
망가진 라디오에 이어폰을 연결하여
잔류(殘留) 음악으로 몸을 녹인다.

땅거미들이 몰려올 때까지
울지 않는다.
두근거리는 꿈의 벽장을 닫고
냉증에 걸린 방바닥을 들키지 않는다.

아무에게도 지지 않기,

라고 쓴 종이를 두 번 찢고 버린다.
꿈꾼 죄,
라고 쓰다가 창밖을 보면
옆집의 붉은 벽.

암시
―플랫

열두 명의 장로들이 나를 둘러싸고 내면 간섭을 한다.

그들은 내게 검지를 겨누고 암시를 건다.

대형 전광판의 타임라인에 암시의 내용이 기입되고 나는 그것을 나의 생각으로 받아들이게 된다. 나는 서서히 '중화'된다. 생각이 공산품이라면, 나의 생각은 컨베이어벨트를 타고 가는 사이에 다듬어져 원래의 개성을 잃는다. 나는 범용해진다.

나는 플랫에서 눈을 뜬다.

죽은 꼭두각시들이 아무렇게나 널브러져 있다. 대략 줄잡아 서른 구 남짓은 된다. 어둠에 눈이 익자…… 손발이 뒤로 묶인 것들, 동체에 피멍이 든 것들, 눈과 입에서 피를 흘린 것들이 보인다. 그리고

나는 이 꼭두각시들을 내가 죽였다고 생각한다. 어렴풋이 누군가 나를 교주로 부르던 것을 떠올린다. 나는 교세를 확장하기 위해 유령회사를 만들고 대규모 사채를 끌어들인다. 채권자들을 무차별 폭행하여 죽이고 사체를 유기한다. 굶주린 도사견들이 사체를 뜯어먹는다.

휴거. 공장 구내식당 천장 위에서 휴거를 기다린다.

나는 교주도 아니고 살인자도 아니다. 누군가 내 로그파일을 조작하고

나는 서서히 중화된다. 나는 구체 관절 인형처럼 슬프다.

나는 플랫에서 눈을 뜬다. 나는 날씨를 불러내 모든 간섭
으로부터 숨는다.

관통당한 사람
—플랫

나는 모든 내면 간섭에서 도망치기 위해 길을 떠난다. 모든 자연적인 것이 박탈된 플랫에서 모든 곳은 길이지만 길은 길을 방해한다. 길은 끊어지지는 않지만 출렁거린다. 가끔 제산제처럼 눅진한 길에 발이 빠진다.

대형 전광판에는 내 생각이 기입되고, 당연히 내가 어디로 갈 것인지도 기입된다. 위원회는 나를 추격할까? 아마도!

나는 생각을 감출 수 없다. 아니, 나는 내 의지를 의심한다. '구체 관절 인형'만 해도 그렇다. 그것은 혹시 표절이 아닐까?

어쩌면 플랫은 게임인지도 모른다. 저번에 나는 날씨를 불러냈으니 말이다. 어쩌면 마법사 캐릭터거나 레벨이 올라갔는지도 모른다. 그렇다면 바깥으로 나갈 수 있을지도…… 길이 출렁거린다. 이 출렁거림만이 아무것도 없는 살풍경의 위안이다.

꿈에 정신과 의사를 만난다. 나는 모든 것이 내 내면을 침범한다고, 나는 관통당한 사람이라고 읍소한다. 의사는 DSM-IV에 따르면, 당신은 편집증이라고…… 모두가 나를 비난한다. 네 시는 표절이라고. 곁에서 어머니가 울고 계신다. 나는 걸으면서 잔다. 어떠한 비난도 용납할 수 없는 순

간에 대해 떠올리면서 각성한다. 어떠한 비난도 용납할 수
없다. 어머니를 슬프게 한 것에 대한 것 말고는.

밤의 세계관

술집에서 일하다 처음 손님과 싸운 날,
바닥에 떨어진 건 네 옷의 단추만은 아닐 거야.
그것은 소리가 나지는 않았지만
분명히 무슨 바람 같은 걸 일으키고 있었지.

이미 멍이 든 저녁은
그때부터 묵묵히
벌레가 기는 쪽으로 짙어가고 있었고
우린 밤의 전철역 앞까지 함께 걸었어.

편의점 앞에 앉아 컵라면을 먹으며
밤의 마지막 전철이 선로를 때리는 소리를 듣고 있었지.
그때 네 눈에서 반짝이던 그 무엇.
그건 스포트라이트는 아니었을 거야.*

편의점의 밝은 빛에 검게 숨어서
안 보일 거라 너는 믿었겠지만
그런 얼굴은 반칙.
너무나 알기 쉬운 얼굴은 반칙.
우린 아직 일을 갖고 있는데⋯⋯

단추를 잃어버린 것은 너만은 아닐 거야.
우린 모두 빛을 잃고 시들어가는 인생들.

밤은 자기 자신의 세계관 쪽으로 점점 부풀어가고
우리들 마음의 살에도 언젠가 비늘이 생기는 때가 오겠
지.

전전(轉轉)

약간의 실업보조금을 위해 여자들과 노인들 사이에 섞여 교육을 받는다. 바깥공기는 깨지기 쉬운 푸른빛. 털모자를 귀까지 덮어쓰고 거리에 나서면 자꾸 길을 잃는다.

"프리터로만 전전했군요. 더 안정적인 일자리는?"
—무리.

늙은 아버지의 주먹이 아들의 등 위로 쏟아지고, 어머니가 그것을 말리는 상투적으로 슬픈 장면을 떠올린다. 발길은 아무래도 공원. 지장보살처럼 비둘기들 앞에 앉아보아도……

"가족들을 위해 더 힘을 내줄 수 있지 않을까요?"
—무리.

나의 무료함은 나의 친구, 나의 낡은 코트. 겨울은 해가 짧고 귀로는 길다. 집으로는 가지 않는다. 미아(迷兒)도 아니면서 얼빠진 얼굴을 해본다. 쌀 미(米) 자처럼 얼굴을 찡그려본다. 역시 문제는 쌀인가. 입술을 물어뜯고 닿는 길목마다 입김을 뿌려놓는다. 감청(紺靑)의 하늘 밑에서 나는 어쩐지 유민(流民)처럼 목이 길어지고 밭은기침을 해대게 된다. 거짓말……

—저기…… 한다면 제가 어떤 일을 할 수 있을까요? 세계
유수의 도시에는 아직도 공장이 세워지고 있다는데.

집에 가기 싫은 것은 아니지만, 집에 가지는 않는다. 털모
자를 귀까지 덮어쓰고 거리에 나서면 자꾸 귀여워지고 길을
잃는다. 이 구역의 미아는 나뿐이라는 듯이. 정규직 미아라
도 된 것처럼. 얼굴이 쌀같이 생긴 아들이라도 어버이는 언
제까지나 기다리고 계실 것인데……

신들의 집
─우리의 시대착오

대선사, 약사암, 애기보살……

언제부터인가
이 가난한 동네에는
사람들이 사라지고
신(神)들이 내려와 산다.

나는 이것을 무슨 전통쯤으로는 도저히 볼 수가 없다.
전통이 죽고 쓰러져 누운 자리에
전통의 망령들이 와 오도카니 앉아 있다.

그중 한 집을 넘겨다보았더니
처마밑이 제법 어둡다.
나락(奈落)의 사타구니처럼
때꼽재기가 붙어 있다.

담장 너머로
호랑가시나무라는 것이
늙은 무당처럼 구부정하게 서 있다.
잎새에 감춘 작두도 영험을 잃어 말려 있다.
귀신을 보는지 눈이 붉은 열매가 몇 개 달렸다.
그것마저도 먼지를 뒤집어쓰고 있다.

모르는 사람이 보면
이 동네의 가난을
무당들의 나태(懶怠) 탓으로 보지 않을까.

인형은 웃는다
—놀이공원

미친듯이 일하거나 죽은듯이 늘어져 있다.

텔레비전을 켜면 세계는 온통 놀이공원.
자유와 오락,
혼자라는 것을 잠시 잊고 있다가
꿈의 공원에서 영원히 혼자가 된다.

깨어보면 언제나 폐허,
누가 쓰다 버린 것 같은 몸을 일으켜본다.

스마트폰을 수시로 보아도 반가운 메일 하나 없고
텔레비전에서 나오는 말을 따라 하다가 가끔 놀란다.
영화에서 본 좀비들이 하던 것처럼
의미 없이 고개도 종종 흔든다. 나는 틱이라는 말을 안다.
고칠 수 없는 틱처럼 나는 어쩌해볼 도리가 없다.

인형 캐릭터가 된 것 같다.
도대체 나는 어느 뒷골목에서 비명횡사했는가.
거울의 방에 가도 내가 없을 것 같다.
옆구리에서 솜을 빼내는 못된 습관이 새로 생긴다.

이 무변광대의 협소한 낙원에서
나는 정산(精算)도 잊은 채

백 년간의 관람객으로 방치된다.
다른 사람이 없는 꿈에서 혼자 숨바꼭질한다.

죽은듯이 늘어져 있다. 다시 여기는 꿈의 외측.
그러나 공원의 바깥도 공원, 오늘도 꿈을 연습한다.
아무리 웃어도 웃음이 늘지 않는다.

산사람과 그을린 돌
— 4 · 3 유족 회고에서

산길을 가다가 그을린 돌을 보면
4 · 3 때 돌아가신 아버지 생각.
아버지는 누구를 위해 산(山)사람이 되셨을까.
어른들이 와서는 아버지 계신 곳을 대라고
으르고 달래고 했는데,

돌을 놓고 불을 붙이고
밥을 끓였으리라.
마음은 새까맣게 그을음이 올라
그을음이 올라……

산사람의 고독을 고이기에는
그 검고 메마르고 단단한 돌이 제격이었으리.

아버지는 누구를 위해 산사람이 되셨을까.
삼나무 웃자라 하늘을 덮고
까마귀 까옥까옥 울어예는데,

바다 저편에서는 배가 가라앉고
텔레비전에서 유족들이 오열하는 것을 보면
무어라고 할 것 없이 차오르는 눈물만.

언덕 위 외딴집

마실 다녀오는 길에 세어보니
자전거 몇 대 더 늘었습니다.
우리 동네엔 자전거가 버려져서는
나무가 되는 일이 흔히 있습니다.

그래도 그것은 이 언덕까지는 오지 못하고
언덕 밑에 주저앉곤 하는 것입니다.
주저앉아 나무가 되는 일을
구름이 돕고 있다고 생각해봅니다.
바람이 돕고 있다고 생각해봅니다.

계단이 끝나고 축대가 시작되는 그 언저리에는
지장보살이 녹아서 된 작은 돌이 하나,
무인지경의 하늘을 지키고 있습니다.
덩달아 언덕 위 외딴집도 조용합니다.

유리벽
—플랫

누가 나를 유리벽 저편으로 밀어넣는다.
유리벽 저편에서 그는 나를 본다.
나는 그를 본다.
여전히 우리는 플랫에 있다.

유리벽에 그는 판박이 스티커를 붙인다.
노란 슈트를 입은 유병언,
웃고 있는 유병언,
발차기를 하는 유병언,
도처에 유병언이다.
이제 유병언은 커널 샌더스처럼 보인다.

유병언 스티커 너머로 그가 있다.
그의 시선은 나를 사로잡으려고 한다.
나는 그의 시선을 피한다.
유리벽 너머 스티커 사이로
어떤 것이 보인다.
자세히 보이지는 않는다.

그것은 정면에서 보면 제대로 볼 수 없다.
정면에서 보면 그것은 어떤 고형물로만 보인다.
스티커 너머로 끈끈한 눈알들이 활성화된다.
쩝쩝 소리를 내며 깜빡인다.

시선의 그물 사이로 나는 흘겨본다.
누가 그들을 저렇게 방치했을까.
아무도 그들의 죽음을 흰 수건으로 가려주지 않는다.
물이 흥건하다.
세상에!

롼링위(阮玲玉)*

지금보다 더 애틋한 시대를 살았던 배우
롼링위(阮玲玉),
당신은 죽는 것이 두렵지는 않았다.
소문이 무서웠을 뿐.

둘러쓴 이불 밑의 마음은
수십 년의 시간 속에 흩어져버리고
우리는 울 수가 없었다.

매기〔張曼玉〕라는 배우가 당신 대신 숨을 멈추고
죽은 시늉을 하고 누워 있었다.
당신을 이해하기 위해
몇 번이고 숨을 참았다.
당신은 영원히 숨을 멈추었는데.

고통 속에서 당신에게 다가가기 위해 뗀 한 걸음.

당신은 진짜고
영화는 기껏해야 그 흉내지만.
그것을 우리도 알지만.

당신은 죽는 것이 두렵지는 않았다.
소문이 무서웠을 뿐.

어제 당신은 세상에서 가장 요염한 춤을 추었고
오늘 당신은 꽃 속에 정숙한 잠을 뉘었다.
그제야 소문은 당신을 놓아주었다.

* 관진펑(關錦鵬)의 1991년 영화.

April

거봐, 내 말이 틀림없지
저것들이 기어코 나타났잖아
우리가 죽인 다음날이면 거짓말같이 치워지는 거 봤지
—김경훈, 「잠복」 중에서

바다 밑에서 상괭이 같은 것이 뭍으로 올라와 죽었다. 인간의 이(齒) 같은 것을 하고 있었다. 이를 갈고 있었다. 가난한 손부(孫婦)가 그것의 배를 가르고 시커먼 내장을 꺼내 먹었다. 그 말을 듣고 치매에 걸린 할머니는 무서운 소리를 내며 울었다. 4·3 때 죽은…… 하면서 횡설수설하였다.

수생동물이 바위에 긁히는 줄도 모르고 형언할 수 없는 초록의 무지개 주위를 헤매고 있었다. 섬을 부둥켜안고 있었다. 몸에서 피고름이 흐르고 있었다. 자신의 처지도 잊은 채 산으로라도 가려는 듯.

2부

월훈(月暈)

달의 눈가가 짓물러 보인다.
비가 오려는지 바람이 젖어 있다.

시들어가는 여자의 눈 밑 그늘이 또 한 겹 는다.
연하의 애인은 아직 젊은 것이다.
그녀의 어지러운 귀밑머리에
꿈의 깃을 접은 장끼가 추운 발을 숨긴 채 졸고 있다.
밤바람이 수풀의 어두운 곳을 뒤지고 다니자
수지(樹脂)의 향이 짙어진다.

깊은 밤의 끝으로 의심의 우주선은 뿌옇게 날아간다.
베개를 돋워 고인다. 이불을 고쳐 덮는다.

남자의 빈 눈은 어둠 속에서
적막한 배후(背後)를 본다.
여자의 떨리는 손이 허리에 감긴다.
슬픈 일이 있으리라고
그것은 말한다.

손 위에 남자의 헤식은 손이 포개어져도
달무리 진 하늘이 조금
내려온다.

시칠리아노
─유월

산딸나무 흰 이마가 눈부셔
그 아래 누우면
마음은 자주 자책한다.

나뭇가지들에 찔린 초하(初夏)의 하늘
슬픔은 검게 멍들어가고
흰 별들이 금강석처럼
부술 수 없는 음악의 음표로 돋아난다.

아득히 저편 겨울 산의 그림자 아래로
양털 옷 입은 소녀의 온유한 꿈이 작은 자수정 알갱이들
로 엉긴다.
자줏빛 주렴(珠簾)의 눈이 내리고 있어서
옷 위로 눈이 반짝이고 있어서 더 아련하다.

여기는 소녀가 없는 유월, 플루트의 은하가 이르는 곳……

산딸나무 흰 이마가 어둠 속에서도 눈부셔
마음은 자주 자책한다.

유월에도
유월에도 이마 위의 면사포가 서럽다.

하늘색 습작

　운동장에서 소년들이 뛰어논다. 다리가 길쭉한 한 소년이 축구공을 몰고 운동장을 가로지르는 모습이 보인다. 먼지가 이는 구식 운동장이다.

　철봉 옆 소나무 그늘에 든다. 고양이들의 트위터에 미리 고지(告知)라도 된 것처럼, 약해빠진 소년들 몇이 철봉 밑으로 파고든다. 한편에서 하늘색을 아흔아홉 가지의 다른 단어로 표현하는 연습을 한다. 나뭇가지로 소년들을 그린다. 엿듣는다. 고롱고롱, 약해빠진 소년들이 가는 팔을 드러내놓고 한담(閑談)한다. 이중에 죽은 아이가 하나쯤 있다고 한 소년이 말한다. 있을 수 있는 이야기라고 다른 소년이 말한다. 나뭇가지로 귀신을 그리면서 하늘색을 다른 단어로 바꾸어 부르는 기술을 연마한다. 참새들의 트위터에 미리 고지라도 되었다는 듯 와서 소년들은 재잘거린다.

　애들아, 난 잠의 미궁에 여동생을 두고 왔단다. 혼자 도 망쳐왔지. 계속 달리다보니 바로 이곳이야. 철봉 밑으로 나는 들어왔는데, 너희들은 어때? 잠의 미궁에는 무서운 것이 살고 있고, 내 여동생은 울보야. 지금도 울고 있을 텐데. 살아 있다면…… 나뭇가지로 미궁을 그린다. 멀리서 종이 울린다. 공을 차던 소년들이 아쉬운 듯 교실로 돌아간다. 팔이 가는 소년들도 철봉 밑을 스치듯 떠난다. 미궁에 가 가만히 앉아본다. 하늘색을 아흔아홉 가지의 다른 이름으로 부를 수 있다면 얼마나 근사할까.

'이렇게 선량한 얼굴을 하고 아무 일 없이 살아도 좋은
가, 나는.'

하늘에 일각수(一角獸) 한 마리 달리고 머물던 구름 다
시 흩어진다.

아무 일도 없었다는 듯 새치름한 표정이다, 하늘.

남겨진 나날들
―권태

……생각해버렸다!

적기(敵機)는 근거리까지 육박해서 파동 공격을 감행한
다. 가까스로 피한다. 방금 전까지 내가 있던 공간이 크게
동요하더니 구체(球體)의 대미지 아공간(亞空間)이 만들어
진다. 나는 철갑 블레이드를 기동하여 적기를 향해 날린다.
적기는 우주 저편으로 물러났다가 블래스터 다섯 발을 연사
한다. 철갑 실드를 기동하여 네 발은 막아냈지만 한 발이 허
공에서 폭발하는 바람에 다리의 장갑 부분이 날아간다. 동
체가 공중으로 크게 회전하면서 튕겨져나간다. 나는 대미지
아공간 사이를 이리저리 건너뛰면서 스매시 빔을 발사한다.
개의 머리뼈처럼 생긴 적기의 중앙부에 빔이 직격하더니 순
식간에 섬광이 인다.

적을 생각하면 눈앞에 적이 나타난다. 모든 문명이 격멸
된 세계…… 이 공역(空域)에서 나는 디아블로형 기체(機
體)에 내 자신을 동조한다. 나에겐 지켜야 할 가족도 친구
도 없다. 그럼에도 나의 정신은 차가운 기체를 기동하여 적
과 대치한다.

세피아빛
─이중섭

담배 은박지에 못으로 선을 긋고 있었다.
벌거숭이가 하나둘 나타났다.
이윽고 두 팔 두 다리를 벌리고
벌거숭이들이 활개를 치기 시작했다.
담뱃진을 그 위에 발라주었더니
지저국(地底國)의 벽화와 같이
더는 세상의 때가 타지 않아도 좋았다.

임시 수도 부산의 이름도 낯선 언덕배기
판잣집 지붕에 옆구리를 쓸린 하늘도
먹은 것이 없어서
세피아빛으로 핑,
돌았다.

들판에 서 있는 소
—이중섭

땔감 살 돈만 마련되면
명작을 그리겠습니다.
곤로에 지은 밥이 반나마 타진 것을
그대로 던져두고
또 일감을 찾아서 거리로 나섭니다.

통영 앞바다 짜가운 바람에
색이 뭉개진 소가 하나
들판에 서 있습니다.
그 소의 통방울눈에는
색이 아주 더 뭉개져
영 못 쓰게 생긴 화공이 비치고요.

그 사람은 참,
못난 아버지랍니다.

후일 무엇이 될 것처럼
—이중섭

소주를 마시면 울 것 같다.

사랑하는 사람들은 모두
돌아오지 않는 강.

빛의 끈을 하늘에 띄워본다.
유대는 끊어지고,
끊어지고.

후일 무엇이 될 것처럼
까불고 다녔구나.
지상에는
피 흘리며 신음하는 새.

화이트의 이불을 덮어주자.
화이트를 아직 다 쓰진 않았을 텐데.
씻어도, 씻어도 화면은 왜 이리 더러운 것이냐.

소주를 마시면 울 것 같다.
후일 무엇이 될 것처럼
나는 하고 다녔구나.

연지구(胭脂扣)*

당신의 입술은
동반자살의 실패처럼 쓰디써요.
한날한시에 나지는 않았지만 함께 죽자고,
저 생에서는 헤어지지 말자고
음독(飮毒)한 입술은 말했지만.

우리의 방엔
큰 거울 작은 거울
거울이 많아
마음의 갈피 잡을 길 없고
길고 긴 수은(水銀)의 계단 따라가는 길,
생(生)이 하강하며 금이 가는 소리에 귀를 기울이다가
잡았던 손 놓치고 말았네.

당신은 살고, 나는 죽고
귀신은 돈이 없지만
신문에 심인광고(尋人廣告)를 냈어요.

반세기가 흘러도 연연한 마음
찾아왔건만
뜬 세월 당신은 붙잡고 있구려.
당신이 주었던 연지합(胭脂盒)
이제는 돌려주고 잊으렵니다.

우리의 방엔
발이 푹푹 빠지는
심란한 거울이 많아.

* 관진펑(關錦鵬)의 1987년 영화.

시*

고백이란 제도에 어서 오세요.
여기서는 진실만을 말하세요.
그리고 잊지 마세요.
마지막엔 강물 위로
비어 있는 죽음을 떠우는 것을.
이를테면 죽은 채로 되돌아오는 아도니스 인형을,
시체의 의식을.
눈물의 유속(流速)을 계산하는 걸 잊지 마세요.

고백이란 회사에 어서 오세요.
연분홍 치마에 어서 오세요.
'문학소녀가 이렇게 예쁠 리 없어'에 어서 오세요.
'알바 하는 문단 아이돌'에 어서 오세요.
시와 음악이 있는 문학 콘서트에 어서 오세요.
시를 사랑하는 모임의 육담(肉談)에 어서 오세요.
'기교 시인은 상처받지 않고……'
'언제나 이 고비를 넘어가는 법의 사각을 알고……'

회사에서 배양되는 시체들이
멋진 냄새를 풍기고 있어요.
그래도 시인 되자고 시를 배우지는 마세요.
꿈을 짓밟히면서까지 참지 마세요.
블랙 회사는 연필을 깎게 하면서 희망 고문을 하지만

시인이 안 되어도 우린 슬픔을 쓸 수 있어요.　　　　　　　 —

* 이창동의 2009년 영화.

커피포트

이건 아는 아이의 이야기. 자기가 대학 때 좋아했던 남자애 이야기래. 아는 것도 많고 취미도 비슷하고, 처음에는 키가 작아서 싫었는데, 이야기하다보니 더 좋아지더래. 뭐더라, 19세기를 배경으로 한 영국 영화도 함께 보고, D. H. 로렌스 소설에 대해서도 이야기했대. 차도 마시러 다니고. 네번째 만나는 날엔 땀을 뻘뻘 흘리면서 커피포트를 들고 왔다는 거야. 동문회 갔다가 받았다면서 자기는 있다며 주더래. 걔네 집이 신림이잖아. 지하철로 한 시간 거리지. 그땐이미 그 남자애한테 빠져서 그게 또 좋아 보이더래. 예쁜 것은 아니지만, 실용적이고. 아무튼 그 아인 남자애를 자기집에 초대했대. 다섯번째는 자기집에서 보자고. 자자고는 하지 않았지만, 그게 그 소리지. 매일 문자로나마 연락하면서 지내다가 역사의 날이었는데, 갑자기 연락이 안 되더래. 전화도 받지 않고. 혹시 무슨 사고라도 난 게 아닌가 하면서 조마조마했대. 그래, 물론 집은 모르고. 그러고는 끝이지 뭐야. 벌써 십 년도 전의 일인데, 아직도 그러고 있다니까. 그러면서 그 아이가 그래. "그 커피포트는 뭐였을까?" 그러게, 그게 뭘까?

최소한의 사랑
―권태

갑자기 정전이 된 강의실. 멀리서 뇌성이 들려온다. 문학이 왜 사라져서는 안 되느냐고 한 남학생이 묻고 있다. 술냄새를 풍기고 있다.

적의 해머 공격에 당했다. 내비게이션에서는 '25퍼센트 구동기능마비'라는 경고가 줄기차게 반복되고 있다. 조정석을 둘러싼 캐노피에서도 아까부터 불꽃이 일고 있다. 적의 이차 공격을 백 점프로 피했다가 득달같이 달려들어 적의 명치에 무쇠 주먹을 꽂는다. 적은 수백 미터를 밀려나면서 블래스터를 퍼붓는다. 철갑 블레이드를 꺼내 적을 향해 날린다. 해머를 들었던 팔이 날아간다. 한쪽 팔을 잃은 채로 적은 쇄도한다. 순식간에 디아블로의 팔이 무시무시한 창으로 바뀌면서 적의 동체를 양단할 준비를 한다. 어디선가 "해버렸다!"라는 종잡을 수 없는 말이 들려왔다.

수유리 흰 달

머리가 나빠 전문대에 간 건 아니라고
너는 표준어로 말한다.
고등학교는 부산에서 다녔지만
사투리는 쓰지 않노라고.

아까는 분명히 청주라고 했지만.

디자인을 배워 연봉 삼천의 인턴으로 일했는데
더 좋은 곳으로 옮기려고 그만두었다고
너는 무르게 웃는다.
디자인이 채택되면 엄청난 수당이 나오곤 했다고
묻지 않은 말을 잘도 늘어놓는다.

수유리 모텔에서 나와 잔 아이.

백납 앓는 눈에 밤의 화인(火印)이 남았다.
그 눈에 가볍게 입을 맞춘다.
잠시 너는 말이 없다가
다시 지껄인다.

부모님과 함께 산다고 했다가
구로에서 자취한다고 말을 바꾼다.

수유리 하늘에 뜬 어루러기 먹은 달.
달빛 속의 네 흰 눈썹.
그 눈썹 몇 낱에 가 흔들리는
바랜 꿈의 조각.

이름도 애칭도 없이
소한(小寒)이 가서 몸살을 하게 될
네 마음.

벽공무한(碧空無限)

여동생은 사람이 싫은 토끼 변태,*
나는 그냥 변태.

토끼성애자인 동생을 거리로 몰아내고
오늘도 나는 낙서를 한다.

"어떻게 하면 이 무한히 확장되어가는 죽음의 세계를 끝
장낼 수 있을까."

하늘성애자도 테러리스트도 아무것도
나는 아니지만.

숙취 다음날의 하늘은 코발트블루,
나는 인류에 속하고 싶지 않은 병맛.
어쩌면 그냥.

* 데라야마 슈지(寺山修司)의 영화 〈책을 버리고 거리로 나가자〉
(1971) 중.

꽃제비

돈을 벌고 싶다면 울어라 새여.
전골을 먹고 싶다면 울어라 새여.

저기 오늘의 해가 지평선 너머로 지고 있다.
곧 저녁의 낙진이 떨어질 것이다.
사는 것은 백해무익하고
건강의 적일 거야.
해가 주저앉는다면 풀썩,
소리를 내겠지.
거리엔 낙진이 떨어지겠지.

알겠니?
거리는 깊다, 소년.
거리는 깊다, 소년.

종로 오가
─황인찬에게

오십 년 전 종로 오가가 은근짜들의 소굴일 때, 한 건물에 열 개의 방이 몰려 있기는 예사였다. 한 월급쟁이 시인이 시 쓰는 친구들을 대동하고 가 월급봉투를 축내고 가는 날도 있었지만, 그 월급쟁이의 이름으로 오입을 하고 외상값을 갚지 않고 뻗댄 친구도 더러 있긴 있었다.

눈 밑이 검은 여인이 저녁의 벽에 기대어 앉아 담배를 꼬나문다. 덧문들이 올라가고 건물은 안을 밝히고 추레한 계단의 치부를 보여준다. 짐꾼이 표정 없는 수레를 끌고 청계천 쪽으로 사라진다. 길모퉁이에서 망설이고 있는 남자가 있다. 흡혈귀들이 하늘 위를 가만히 선회한다.
─필름 형식의 오래된 텍스트 중에서

새벽의 종로 오가에는 사람이 거의 오가지 않는다. 은근 짜도 없고, 여자를 사는 데 월급봉투를 축내는 젊은 시인도 없고, 친구의 이름으로 매음을 하는 야비한 자도 모두 떠나고 없다. 거리에는 덧문들이 내려가 있다. 청소차가 지나가고 거리는 한적하다. 청소차가 지나가도 티가 나지 않는 것은 좀 희한타. 어딘지 땟국이 흐르는 것 같다.
가끔 새벽의 종로 오가에 간다. 인의동 골목까지 나갈 때도 있다. 이곳에 침을 뱉으면 세 번에 한 번꼴로 침에서 거미가 나오기도 한다.

청년들을 위한 예비군 입문
―권태

적(敵)이라고 교관은 발음한다. 그러나 적은 산재해 있다. 적은 우리를 자연처럼 에워싼다. 지하철에서 커터를 휘두르고 애인의 얼굴에 염산을 뿌리고…… 그러한 질환을 의미하는 것은 아니다. 우리 모두를 서서히 절망케 하고 서서히 미치게 하는 거대한 적. 쓰러진 자들의 눈물 속에서만 나타났다가 사라지는 적, 이를테면 우아하게 세상을 낭비하는 신(神), 아니, 자본주의의 자동인형, God Eater! 스크린의 다연장포에서는 불이 뿜어져나온다. 예비군들은 적의 화력에 아랑곳없이 졸고 있다.

복선(伏線)이라도 미리 있었다는 듯이 개 형태의 적기 수십 대가 에워싼다. 입에서 음향 대포를 쏘아 공간을 교란한다. 어느새 한 대가 달려들어 디아블로의 장갑팔에 이빨을 박아 넣는다. 다른 놈이 등뒤에 올라타 목을 노린다. 장착된 어떤 무기도 활성화되지 않는다. 장갑팔 한쪽을 포기한다. 기지로 돌아가는 데 문제가 없는 것은 아니지만 내부 전류를 외장갑으로 전환하는 필살기를 시전하기로 한다. 운이 좋으면 등뒤의 놈을 제거할 수도 있을 것이다. 그다음은 비상 전원을 기동한다. 정신을 바짝 차려야 한다. 단 한 번의 시도로 성공시키지 않으면 결국 지고 말 것이다. 하지만 진다고?

용문객잔
—연남동

그녀는 내게 절교 편지를 보낸다. 그것은 오랜 세월을 에둘러 아직도 내게 오고 있다. 모래바람이 뒤덮은 하늘이 느리게 녹아내리고 하루가 또 검게 타버린다. 누더기가 된 밤이 바람에 펄럭인다.

연남동의 세 순례자. 연남동에는 중국집이 많다. 중국집 테이블에 앉은 세 인생은 체크아웃할 수는 있어도 영원히 나갈 수는 없는 여숙(旅宿)에 대해 말한다. 그것은 캘리포니아에 있는 호텔은 아니다. 장검을 빼든 환관이 사막 위에 세워지는 객잔의 환영을 보고 있다. 그렇다. 그것은 일종의 헛것. 능히 여자를 버릴 만하다고 말한 인생이 입에서 한 줄기 국물을 흘린다. 갈리는 것이 아쉬운 남자들이 연남동 골목을 깁는다.

그녀는 내게 절교 편지를 보낸다. 독표(毒鏢)처럼 그것은 아직 내게 오고 있다. 나는 편지가 오는 속도로 편지에서 달아나는 초절한 무공을 익힌다. 호승심(好勝心)에 살았으나 배운 것은 끝없는 패주(敗走)의 길. 인생에서 져도 시에서 이기면 된다고 한 어느 날 어른 남자의 말은 틀린 것이었다. 호승도 구패(求敗)도 모두 헛것.

나이를 헤아려보고 어리석은 사람들이 허망해할 때, 하늘은 바람에 탄 맨살을 어둠 가운데 드러낸다. 사실은 진작부터 그랬다.

카스트

따뜻한 말 한마디는 기대하지 않는다.
등에 낙서가 붙고
교과서가 찢어지고
사물함에는 오물이 들어 있다.

방과후에는
교복을 멋지게 줄여 입은 녀석들에게
얻어터지고 돈을 뜯기기 일쑤.

나는 맞는 아이 역(役).
이 역할마저 없다면
이 세상에 몸 둘 곳이 없다.

이 교실에서 별명이 없어지는 건 참을 수 없다.
담뱃불에 살이 타도
몸에 멍이 들어도
안도의 눈물 같은 것을 흘릴 수 있다.

무서운 아이들아,
내 별명을 불러주렴.
나는 키도 작고 비리비리한데 뭘.
차가운 말투라도 난 괜찮아.

내 별명은,
어차피 좀비인걸!

플라나리아

장사에 재주가 있으면 또 몰라도
더이상 나는 올곧게 살아갈 수가 없다.
세상의 흔한 일로 눈이 붉어지고, 굽은 등으로 운다.

몸의 일부가 잘려도
다시 살아나는
어떤 편형동물을 떠올려본다.
몸의 일부가 잘려도
다시 살아나고
잘못하면
상처에서 새로운 머리가 돋고
새로운 꼬리가 돋기도 하는.

머리의 자리에 꼬리가 돋고
꼬리의 자리에 머리가 돋고,
다시 살아나더라도
그것은 수라(修羅)의 길.

어두운 방구석에서 검은 팔이 자라난다.
검은 팔에서 깃털 같은 어둠이 자라난다.
생의 한구석에서 한쪽만의 날개가 돋고
생은 기울어진다.
정녕 그것은 고꾸라진다는 것일까?

컴퓨터 앞에 앉아 편형동물 죽이는 법을 검색한다.
버젓이, 나와 있다.
더이상 나는 올곧게 살아갈 수가 없다.

보이지 않는 꽃

여자는 원망의 눈초리로 쏘아본다.

너를 만나기 위해
오늘 내가
어떤 수모를 참아가며 여기 왔는지
너는 모른다고
남자는 탁자에 눈물을 떨군다.

그것은 떨어져 가만히 깊어진다.
보이지 않는 꽃의 밑동이 젖어드는 것이 보인다.

어떤 의미에서 그것은…… 남창(男娼)과 같은 굴욕이라
고.

붉어지더니,
여자의 눈이 붉어지더니
따라 운다.

일회용 라이터

언제부터인가 사내는 일회용 라이터를 모으고 있었다. 모으다기보다 자고 일어나면 하나씩 늘어 있었다. 도란도란포차, 전(煎)선생, 둘둘치킨…… 팟, 팟. 김대리가 프로젝트의 공로를 가로챈 날, 과장에게 멱살을 잡힌 회식날, 회사를 그만둔 날…… 다산 대리운전, 황금마차, 장미촌…… 아내는 사내의 라이터에 새겨진 상호를 보며 잔뜩 불안한 얼굴이 되었다. 그이에게 딴 여자가 생긴 걸까요? 아내는 한 인터넷 카페 상담게시판에 의념(疑念)의 한 폭을 종이접기 하듯 접어 포개어놓았다. 카페 첼로, 도이치 호프, M모텔…… 팟, 팟. 사내는 라이터돌이 부딪는 소리를 듣고 있었다. 학창 시절 화장실에서 몰래 피우던 담배 생각이 났다. 사내는 학교 밴드부의 잘나가는 베이스 주자였다. 인근 여학교 학생들 사이에서 인기가 많았다. 다시 한번 팟, 팟. 불이 잘 붙지 않았다. 스스로도 라이터를 주워오는 게 신기했다. 이런 것도 물욕일까. 반경 5미터, 불면의 캡슐 속에 우두커니 앉아 사내는 지나간 날들의 조각들을 맞추어보는 혼자만의 게임을 했다. 그러다가 더 고단한 시간의 모래가 눈 밑으로 차오를라치면 사내는 고개를 저어버렸다. 팟, 팟. 리틀 야구단의 나날들, 일곱 살의 생일 파티, 동물원에서 물개를 처음 본 날…… 라이터의 자그마한 불빛이 어둠을 살짝 허물자 꿈의 절개지(切開地)와도 같은 사내의 얼굴이 잠시 나타났다가 사라졌다.

흡혈귀 불충분

우리 동네엔 흡혈귀가 산다.
아이돌처럼 키가 크고 말라깽이다.
어디에 써붙이고 다니는 건 아니지만
왠지 외톨이 느낌.

고등학생, 우리 오빠랑 같은 반.
이름은 택상쓰.
이름에 자그마치 아포스트로피 에스가 들어간다.
아포스트로피를 빼고 부르면
그대로 오그라들어 죽을 수도 있다.
무려 흡혈귀이므로.

권속을 자주 만들지는 않지만 너만은,
라고 해서
가끔 빵 셔틀을 해왔건만.

오늘은 나를 보고 철부지처럼 웃었다.
못 보던 교정기를 낀 채로.

3부

표정

누가 나를 싫어하더라고
누가 와서 말해주었다.

싫어하는 것은 그 사람의 자유일 것이었다.
잘 봐달라고 할 일도 없었다.

그건 그렇고 덜컥 겁이 났다.

비밀을 말할 때,
그 사람은 내가 모르는
우습고 무서운 표정을 지을 수 있었다.

낭독

북쪽으로 머리를 하고 눕는다.
그믐달이 머리 위로 떠올라도
어둠은 깊고 견고하다.

식탁 위의 유리컵, 유리컵 안의
보리차, 보리차는 어떻게 해도 조용하다.
정적이 잘름대다가 엎질러질 지경이다.

냉장고만이 부엌에서
하드보일드풍의 소설이라도 읽는지
웅얼거린다.

거기로 가서
북쪽으로 머리를 하고 눕는다.
추운 꿈의 입구에는 늘 나만이 있다.

나는 낭독한다.
나의 시를.
북쪽으로 머리를 하고 누운 나의
깊고 견고한 죽음을.

무교회

지하철역 앞 버스 정류장 위로
가늘고 차가운 비가 내린다.

노파가 마른 팔을 내밀어
믿지 않으면 어디에 가는지 아느냐고 묻는다.
나는 믿지 않는다고 말한다.
노파는 지옥이라고 말한다.

나에게 그랬던 것처럼
노파는 몇 번이나 다른 사람들에게
교회에 오라고 달라붙었다가
풀이 죽어 되돌아선다.
노파의 머리가 젖는다. 정수리가 훤하다.

교회는 몇만 가지 표정의 등을 본 자들에게 천국을 허락
할까.
얼마나 차가운 비를 맞고 서 있어야
지옥에 가지 않는다고 하는 걸까.

나는 노파가 주려던 교회 초대장을 청한다.
나는 신을 믿는다고 말한다.
—어머니, 비가 이렇게 오는데 그만 들어가세요.
교회에 꼭 와야 한다고 노파는 말한다.

그때 마침 기다리던 버스가 도착한다.
텅 빈 버스에 앉아
내가 방금 발음한 '어머니'라는 말의 처마에 맺히는
빗방울을 잠시 생각한다.

지옥에 가더라도 나라면
차가운 빗속으로 어머니를 내보내지는 않을 것인데.

청첩장

어두운 것들이 칠게들처럼 떼로 기어온다. 진펄의 냄새가 난다. 어둠이 꼬이는 체질일까.

애인과 헤어지고 친구들은 곧잘 내 자취방에 와서 운다. 술을 잔뜩 사가지고 와서 울다가 웃다가 한다. 여자애들은 가방 속에 숨겨놓은 담배를 내 앞에 꺼내놓는다. 함께 비디오를 보다가 갑자기 수다를 떨기도 하고 물고기처럼 말이 없어지기도 한다.

내 방에 물건을 흘리고 가서는 찾으러 오지도 않는다. 그것은 반지일 때도, 손수건이나 양말일 때도 있다. 음반이나 소설책일 때도 있다. 그것들은 방구석에 아무렇게나 흩어져 있다가 또 어딘가로 흘러가버린다.

한때는 모두가 내게 어둠을 맡기고 가버린다고 믿었는데, 그런 것만은 아닐지도 모른다. 내 머리 위에는 어둠의 거대한 송출기가 달려 있다. 어두운 것들을 끝없이 끌어들인다. 마음의 후미진 해안선으로 검은 살풍경이 밀려든다. 유실물들의 잔해가, 어둠의 내장들이 마음의 끝에서 끝으로 유동한다.

얼마 전인가는 어두운 시절의 친구가 청첩장을 들고 나타나서 함께 밥을 먹었다. 그날 나는 엄청나게 떠들었다. 떠들

지 않으면 추궁하게 될까봐, 엄청나게 떠들었다. 입에서 칠
게들이 새카맣게 기어나왔다. 친구가 웃자, 나는 진펄의 속
처럼 까맣게 따라 웃었다.

어느 날 치모

사춘기 이래 내 친구는 줄곧 친누나와 함께 살다가 서른 살에 자살했다. 그는 샤워할 때 항상 치모를 살짝 잡아 뜯곤 했다. 그 누나가 방에서 치모를 보면 질겁한다고, 빠질 것을 미리 정리하는 것이라고…… 그는 생활의 때가 낄 새도 없이 저세상으로 가버렸다.

최근 나는 독신자 아파트로 방을 옮겼다. 치워도, 치워도 방구석에서 치모가 꿈틀꿈틀 기어나왔다. 전에 살던 남자의 더께에서 악취가 피어올랐다. 그것은 어떤 지도라고도 할 수 있어서, 나는 남자의 일상을 조금 내려다보았다. 고독이란 불결한 것인지도 모른다. 난잡하게 뒤엉킨 치모를 보다 걸레를 손에 쥔 채 잠시 망자를 떠올렸다. 차라리 그도 불결하게 살았다면…… 고독을 조금씩 비우며, 너저분하게 살았다면…… 그냥 살았다면……

샤워를 하다가 치모를 잡아 뜯어본다. 흰 것이 눈에 띈다. 흰머리를 발견했을 때와는 또 다르다. 흐르는 물에 흘려버린다. 물은 아래로 계속 흐른다. 저세상으로……

웃는 악당

중학교 때 우리 반에는 시(市)에서도 이름 높은 악당이 있었다. 우리보다 한 살 많다는 소문도 있었다. 벌써 헬스클럽에 다니며 몸을 가꾸고 있었다. 이 녀석은 웃을 때 아주 선해 보였는데, 종종 교실 뒤편에서 똘마니들을 쥐어 팰 때는 악마의 눈빛으로 돌변했다. 나는 두려워하며 녀석을 피해 다녔다. 복도에서 마주치면 숨을 쉴 수도 없었다. 한 학기 내내 고개를 푹 숙이고 한마디도 하지 않는 아이였다, 나는. 언젠가 한 달에 한 번 자리를 바꾸는 날. 성적순으로 마음에 드는 자리를 골랐다. 내 차례였다. 나는 또 고개도 못 들고 자리를 정했는데 뜻밖에 그 악마 녀석의 옆이었다. 다른 아이의 옆인 줄 알았는데. 녀석은 웬일인지 쓸데없이 볼이 붉어져서는 예의 그 선한 웃음을 지었다. 하얀 이를 드러내고 겸연쩍게. 부끄러운 것은 나일 텐데? 그래서 나는 잠시 생각했다. 꼬셔버릴까. 물론 이것은 조금 지어낸 이야기지만 지금도 가끔 떠오르는 그날의 미소.

미인

초등학교 6학년 때의 일이지만,
급식비를 아끼느라
나는 우유가 먹기 싫다고
어머니께 거짓말을 하였다.
그것은 또 어머니의 깨알 같은 전설이 되었지만,
그 부끄럽기만 한 가난은 그때부터 사무쳐
나는 내 빈상의 얼굴이 싫다.

내가 좋아하는 것은
무엇이나 잘 먹는 여자의 얼굴.
얼마 전 나는 이름만 아는 후배 하나를 데리고
노상 가던 식당보다는 더 좋은 식당에 가서
후배의 그 먹는 모습을 가만히 바라보았다.
무엇이나 잘 먹는 여자를 보는 것은
세상에서 가장 즐거운 일.

그러나, 그러나
좀 펴지나 싶더니
중년은 정말 하잘것없다.
입에서 단내가 나지 않으면 하루가 끝나지 않고
반성문 쪼가리도 없이
허둥지둥 삭아간다.

어머니,
인생이 원래 이런 거예요?

두 개의 장소

굴욕의 시간에 나는 든다.

거기에 가람(伽藍)을 짓고
굴욕에게 머리 숙여 인사한다.
굴욕에도 최선을 다해야 한다고 씌어진
어떤 경전을 바닥에 펼쳐놓고 묵독한다.

굴욕의 가람 위에는 별이 떠오르지 않고
세사(世事) 번뇌는 이불 몇 채가 되어
어둠의 윗목에 고요히 쌓인다.
내 냄새가 난다.

비가 연일 이어지는 여름이면
나는 굴욕의 가람을 떠나
부모님이 사는 집 처마밑에 든다.

거기에는 정원이 있고 꽃이 있고
비가 오는 날에는
풀냄새가 짙어진다.

그리고 어느 날에는
피를 맑게 하는 날빛 속에 서서
다시 긴 여행의 짐을 꾸릴 채비를 한다.

맨얼굴로 굴욕과 마주한다.
코가 약간 휜 것 같다.
아름다운 것들은 모두 허망하게 망가져버린다.
때로 망가진 것들 속에서 수많은 분신(分身)들을 만난다.

그것을 어떤 왕복 속에서 나는 깨닫는다.
두 개의 거울에 나를 비춰보면서
나는 나의 자리를 서서히 찾아간다.

벼룩시장
─부끄부끄 부띠끄(연희문학창작촌, 2014. 6. 12)

사요! 사요!
소리가 되지 않는다.
구제 의복들이랑 서적들의 난전 사이로
구경꾼들이 유유히 떠밀려 다닌다.

유월의 태양이 에누리 없이 쏟아진다.
좌판에 늘여놓은 물건들은
어쩐지 조금 수줍은 모양들이다.
나는 천생 글이나 써서 먹어야 하나봐,
부지중에 푸념이 나온다.
곁에서 시인 유형진이 마구 웃는다.
가져온 뜨개질을 다 팔아서
한 코 한 코
또 컵받침 같은 것을 뜨고 있다.
관청 간 촌닭처럼 쭈뼛거리다가
시인 김근이 사준 음료수를 마시면서
땀을 들이는 시늉을 한다.

가져온 물건들은 모두 친구들에게 나누어줘버리고
그래도 시는 안 팔아요!
하고 괜히 뾰로통한 표정을 한다.
팔지 않을 수 있는 것이 있어 다행이다.

소설가 김혜나가 옆에서
요가의 요정이 되는 것을 구경하다가 그만,
올해의 모기를 개시한다!

등뒤의 허밍
—열세 살 문제

열세 살 소년은 서른 살을 만난다.
그리고
당연하지만 곧 열네 살이 된다.

골목길이었다.
열세 살이나
열네 살쯤 되었음직한 소년이
슬픈 노래를 흥얼거리며 따라오고 있었다.

교복을 입고 있었다.
그 소년의 영혼은 흑인이리라고 생각하다가
능소화 늘어진 벽 아래였다.
하늘거리는 것이 슬퍼서, 또 읽었다.

긴 골목길이었고
어느 순간부터인가
흥얼거리는 소리는 사라지고 없었다.
더이상 소년도 없었다.

하늘엔 낮달이 떠 있었는데
처음 보는 육각형이었다.

열세 살의 소년은

인류가 멸절된 원시림 속을 걷고 있다.
서른 살은 집으로 돌아가지 못하고
아홉 개인가 부서진 달이 뜬
깊은 하늘을 가만히 올려다보고 있다.

중경삼림(重慶森林)*

마음이 사물이 되는 순간이 있어요.
사물이 되어서 만지면 아픈 날이 있어요.
세탁기가 울어서 방에 홍수가 나고
인형은 시체처럼 널브러져 있는 날이 꼭 있어요.

방이 눅눅한 마음일 때
방에 틀어박혀 있을 때가 있어요.
그럴 때 왕자웨이(王家衛) 영화를 보죠.

금색 가발을 쓰고 선글라스를 끼고
트렌치코트를 입고
린칭샤(林靑霞)가 인도인들을 총으로 쏴
마구 죽일 때,
내 친구는 조금 겁먹은 표정을 짓지만.

쫄지 마, 바보야.
린칭샤는 센 역을 많이 했지만
그건 변장일 뿐.
경찰 223이 호텔방에서 잠든 그녀의 신발을 벗겨줄 때
고단한 신발이 침대 밑에 놓일 때
그건 그녀의 아픈 마음이야.

어른들은 모두 서툰 어른이란 걸 알게 되는 날이 있어요.

그날은 마음이 사물이 되는 순간이 있다는 것을 아는 날
이죠.
그리고 말예요,
그날은 내 친구가 없는 날.

* 왕자웨이(王家衛)의 1994년 영화.

암내

그녀에게서는 젓갈 냄새가 난다.

이발을 하고 세면실에서 내 머리를 감겨주면서
겨드랑이를 내 얼굴에 들이민다.
정신이 아뜩해진다.
한 달 전에도 맡은 냄새인데,
나는 후회를 한다.
미용실을 바꿔야겠다.

어쩌면 그것은 나에겐 없는 냄새.

H 형은 내 시에는 송곳니는 없고
둥근 어깨가 있다고 알 듯 말 듯한 말을 했지만.

어쩌면 나의 시에는
지금보다는 많은 젓갈 냄새가 풍겨야 하는 것인지도 모
른다.
조수에 부대끼고 부대껴
썩어서도 서러운
해저(海底)의 저녁 노래를 부를 수 있어야 하는지도
정말 모른다. 말없이, 말도 없이 곰삭은 노래.

거울 속에서 그녀가 내 머리를 드라이어로 말리고 있다.

그녀는 잘 안 씻는가?
그런 것은 문제가 아닌지 모르지만,
확실히 거울 속의 나는 둥근 어깨를 꼬부리고
중학교 문예반 학생처럼 참 다소곳이도 앉아 있다.

졸업 선물

안현미*의 아들은
이번에 고등학교를 졸업했다.
코밑에 제법 거뭇한 것이 돋았으리라.

졸업식에 못 가본다고
용돈을 몇 푼 그 어머니 편에 보냈더니
'사리사욕' 채우는 데 쓰겠노라고
고맙다고 문자 메시지를 보내왔다.

제법 귀여운 짓이다.
그 어머니가 곁에서 시켰으리라.
그런 생각을 해본다.
코밑에 수염이 돋은 아들을
지그시 바라보는 어머니의 눈을.

안현미의 아들은 벌써 스물인데
내게는 자식이 없다.

외삼촌의 옷을 물려 입고 다니던
내 스무 살의 시간 위에
무당벌레 한 마리 내려와 앉았다가
한참 후에야 날아간다.
그 선연한 빛깔 아래 부서질 듯한 날개.

유예의 시간은 흐른다.
잠이 달아난다.

* 시인. 시집으로 『이별의 재구성』 등이 있음.

오후의 빛

검은 꼬리 고양이가
현관 앞에 드러누워 정신을 팔고 있다.
무방비의 허리를 드러내놓고
수고양이는 새끼들을 보는 것이다.
흐뭇한 모양이다. 물끄러미 본다.
모기를 잡고 노는지
새끼 두 마리가 마당을 차지하고 있다.

수고양이의 목덜미에 얹히는 오후의 빛.
손을 가져다 대보고 싶다.
정신을 팔고 있구나, 애아범이.
세상은 험하기만 한데.

노랑이가 거뭉이를 낳고 거뭉이가 얼룩이를 낳고 얼룩이
가 연탄이와 검은 꼬리를 낳고
노랑이와 거뭉이와 얼룩이가 사라져간
고양이들의 황홀한 역사를
오후의 빛은 전부 기억하는 걸까.

모두가 떠나가는데
나만 언제나 돌아온다,
눈웃음을 장착하고서.
눈웃음을 치는데 당해낼 수 있겠느냐고

사람들은 말한다.

뒤통수가 따가워 돌아보면,
어둑한 실내에서 애잔한 눈이 보고 있다.
나는 웃지 않는다.
무방비로 출렁이는 뱃살을 들킨다.
서로 이해하면서 외면한다.

페르소나

동생은 오늘도 일이 없다.
열심히 스마트폰을 들여다본다.

동생 몰래 정리해본
동생의 통장 잔고는 십오만원.
서른세 살의 무명 배우는 고단하겠구나.

학교에서 맞고 들어온
이십여 년 전의 너처럼
너는 얼굴에
무슨 불룩한 자루 같은 것을 달고 있는데.

슬픔이
인간의 얼굴을
얼마나 무섭게 바꾸는지
너는 네 가면의 무서움을 알고 있느냐, 아우야.

제자

예전에 제자 하나를 거둔 적 있지.
그 아이는 아무것도 되지 못했지.
서푼짜리 시인도,
그럴듯한 학자도.

시를 잃고,
어쩌면 더 많은 것을 잃고,
병든 아버지를 집에 남겨두고
일자리를 찾으러 다닌다고.

눈이 온다.
하얀 것들이 땅에 닿기도 전에 반짝이며 사라진다.

설탕이 눈처럼 하얗게 뿌려진 빵을
너는 내게 가져다주었지.
누가 가르친 것도 아닌데,
자신은 먹어본 적도 없는 것을.

중2의 세계에서는 지금

오늘도 눈이 큰 아이가 삥을 뜯고 있다.

그 아이는 초등학교 시절 내 친구.
친구인데도 섬뜩한 데가 있단 말이야.

수고해, 성표야.
하고 지나간다.

학교를 몇 미터 앞에 두고
삥뜯긴 아이가 따라와 곁에 바싹 붙으며
몸으로 알은체를 한다.

그 아이는 우리 반 친구.
내 작은 입이 씨익 벌어지는가 싶더니
갑자기 못생겨지는 기분.
등뒤에서는 가방이 쇠불알처럼 흔들리고 있으리라.

사과를 했으면 좋았을 건데.

아, 세상의 길은
만나는 골목마다
모리배,
아니면 모사꾼.

그도 아니면 거울.

비굴(卑屈)이 키운 근육,
벌어진다.

낙화유수(落花流水)

풀밭이 끝나고 돌길이었다.
풀밭에서 떠올랐다가 돌길로 떨어졌다.
왼쪽 어깨로 들어온 충격파가 오른쪽 대퇴로 빠져나갔다.
왼쪽 어깨로 들어온 그것은 오른쪽 대퇴로 빠져나갔다.

오른쪽 대퇴에서 족제비가 풍겨나갔다.
뱀을 찾아서 떠났다.
여우가 풍겨나갔다.
생쥐 하나를 물고 유유히 사라졌다.

　측대보(側對步)의 거친 잠은 끝났고, 잠의 소굴엔 초라
한 구멍,
　그리고 익숙해져야 할 여진(餘震).

　한의원 바깥의 하늘엔 구중중한 구름이 몰려 있었다. 찬
비가 내리고 있었다. 초등학생들이 비를 맞으며 하교하고
있었다. 화분에 심어놓은 피튜니아가 길가에 늘어선 채 비
를 맞고 있었다. 아이에게 우산을 전해주러 온 한 아주머니
가 있었다. 하교하는 아이들 틈에서 자꾸 두리번거리며……

　나는 괜찮다. 비를 맞아도 좋다.
　족제비와 여우가 어디서 비를 긋고 있는지 궁금하지만,
　영상통화라도 하고 싶지만,

같은 하늘 아래 있으니.
같은 비를 보고 있으니.

변명

6학년 7반 조회 시간.
교탁 뒤에서 선생은
우리 반에 텔레비전이 필요하다고 말했다.
방송교육을 위해서라고.

그러고는
학급 임원들을 일어나게 했다.
너희들은 공부도 잘하고 임원이니까
부모님께 잘 말씀드려보라고.

싫은데요.
학생회장이 말했다.
어찌해볼 틈도 없이
선생의 구타가 이어졌다.

쉬는 시간.
선생은 타박상에 바르는 약을 가져왔다.
가난한 수재는 젖은 눈을 하고 상처를 맡겼다.

문제가 될까봐 그러는 줄 알았는데
선생은 부끄러웠으리라.
아이들에게 돈 이야길 하는 것이.

자신에게 실망해서
슬펐으리라.

나쁜 선생이 되고 나서 알게 된 슬픔.
애들아, 이런 선생이어서
미안타.

내가 코피를 쏟으면

내가 양동이로 코피를 쏟으면 바다 건너 저편에서 어머니는 악몽을 꾸신다.

알약을 먹고 이상한 소년이 나오는 소설을 읽다가 코피를 흘린다. 일어날 일은 아무리 피하려고 해도 언젠가 일어나고 만다. 이상한 소년은 어린 시절 자신을 버린 어머니를 찾아 길을 떠나고…… 평행세계에서 소년은 도로 고아가 되거나 어른이 될 것이다. 혹은 불쌍한 어른 고아가 되는 것인지도.

코피를 흘리는 날이 많아진다. 잡지 교정지가 붉게 젖고, 알약을 먹는다. 평행세계에서 지구의 건물들을 닥치는 대로 부수고 이계인(異界人)들을 잡아먹는다. 얼굴이 온통 피범벅이다. 다른 '나'들이 평행세계의 전신 기술로 타전하는 소리, 푸른 하늘에 은빛 날개로 반짝인다. 네가 아니라면 '이나'라고, 네가 죽지 않으면 다른 누가 죽는다고.

강의하고 잡지 만들고 신문에 글쓰고 전화받고 나쁜 짓 하고 웃는 얼굴로 사람들 만나러 다니고 화류계 생활의 피곤이 복리 이자로 제주도 보말 딱지처럼 붙어가고, 걱정을 하고 걱정을 하고, 초나라와 월나라의 대나무를 모두 붓으로 만들어 적는다 해도,*

108

알약을 먹는다. 이것이 저쪽 세계로 갔다가 그냥 돌아오는 이야기가 되는 게 아니라, 돌아오긴 돌아오더라도 예전의 이쪽 세계가 아니라든지 "예전의 내가 아니에요" 하는 식의 눈 밑에 점 하나 찍는 그런 이야기만 돼도 나쁘지 않겠지만.

병원에 가서 코피 나는 데를 지지고 돌아와서 한층 가늘어진다. 가늘어져서는 외출을 하여 식빵 한 줄을 사가지고 돌아온다. 아주 느리게 걷고 있으면 발부리에 차이는 텁텁한 취기와 밤안개. 그런 것들을 그러모아 꽃다발을 만들어 내게 준다. 가로등 밑을 지날 때 나는,

그럴 리 없다고, 운명이라곤 해도 과거의 어느 시점에서 현재의 우리는 뿌연 확률의 세계로만 존재했을 뿐이라고,
흙 묻은 구두코에 대고 타전한다.

* 『여씨춘추』에서 따옴.

개복치를 살려라*

개복치를 살리면 내 단짝 친구가 죽고
개복치를 살리면 먼바다에서 해일이 일고
개복치를 살리면 지구의 끝이라고 하였습니다.

중환자실 옆 보호자 대기실 전화에서는
가끔 이런 중요한 이야기도 흘러나왔습니다.

잠시 자리를 비운 틈에 친척들이 찾아와서
환자를 팽개쳐두고 돌아다닌다고 야단을 치고 돌아갔습
니다.

심근경색으로 쓰러지신 우리 아버지 말씀이에요.
아버지는
중환자실에 누워 대변을 참고 계셨는데.

간밤에는 개복치가 되어 우주여행을 한참 하고 왔습니다.
동화에서처럼 기차를 타고 떠났습니다.
차장이 차표를 검사하다가
개복치는 눈만 마주쳐도 죽는다고 혼잣말하는 것을 들었
습니다.

어떤 때 눈물은
고향 바다의 온유한 해표에서 오기도 한다는 것을 알았

어요.
빛나면서 반짝이면서.

그것 때문은 아니지만,
수화기를 들고 내 단짝 친구가 죽어도 좋다고
말해버렸습니다.

* 다마고치(たまごっち) 유의 게임.

가파도

낮은 하늘엔
움직이지 않는 구름.
하얀 길이 보리밭을 부둥켜안고 떼를 쓰고 있었다.

육지에서 도망쳐온 그리움은
그 길의 속까지 따라와 있었다.
선충(船蟲)들이 까맣게 쫓아와서는
사람의 형상을 지었다가,

뒤돌아보면
허물어지고
허물어지고 하였다.

막걸리를 몇 잔째 마시고는,
막 건져올린 것이라며 해녀가 건넨 성게에
오히려 목이 말랐다.

론도의 길을 돌고 돌다가
남의 집 돌담 밑에 핀 수국 향기가 어지러워
바다의 한 귀퉁이를 게워내어도……

레몬옐로

집 나간 마음이 되돌아오면
식구들끼리 하얀 옷 해 입고
깨끗한 식당에 가서 외식이라도 해야지.

집에만 처박혀 있는
쓸쓸한 개를 앞세우고
그 널찍한 등짝을 쓸어주면서
가까운 유원지에 소풍이라도 가야지.

그러나
마음이 되돌아오면,

하늘은 또
알타이어족의 언어로는 표현할 길 없는
이 세상에서 나만 아는
노란빛 되어
내 방의 창문을 물들이고
나는 다시 뾰족하게 성을 내는 아이가 되겠지.
벼락이거나 장대비겠지.

마음이 되돌아오면
화를 내다가 우는 아이가 되겠지.

남천(南天)

옥상에 눈이 쌓여 있다. 식당 여자가 두 아들을 거느리고 옥상에서 눈사람을 만들며 논다. 마당은 두고 좁은 옥상에서 와자그르르한다. 언 손의 여자가 눈을 굴린다. 젖은 장갑을 나눠 낀 두 아들이 눈을 굴린다. 눈사람 둘이 나란히 선다. 빨간 단추 눈을 달아주었더니 자기들끼리 마주보고 웃는다. 여자는 아들들을 내려다본다. 쨍한 무지개의 머플러가 옥상 위로 포물선을 그리며 내려와 유쾌한 사람들의 추운 목을 포근히 감싼다. 눈 녹은 자리 벌써 움푹하다. 자꾸만 갈쌍갈쌍한 것이 어디서 온다.

엄마.

그날은 영문 모르고 좋아했는데 장사도 하지 않고 엄마는 무슨 속상한 일이 있었을까. 마음의 눈이 내려 쌓이는 어떤 추운 날에는 동그란 등의 엄마 눈사람을 하나 만들어 마음의 옥상 한쪽에 세워두고 그 등을 한참 쳐다본다. 행주치마 두른 하늘 아래를 걷노라면 콧물은 왜 그리 눈치 없이 흐르는지. 늦게 나온 해는 또 왜 그리 속절없이 흘러, 흘러가는지.

Link

개복치를 살려라: 2016년 6월에 아버지가 심근경색으로 수술을 받으셨다. 광주 기독교병원에 입원해 있는 동안 가족들이 돌아가면서 중환자실 옆 보호자 대기실을 지켰다. 아버지는 극적으로 회복하셨다. 그리고 내 오랜 단짝인 개가 죽었다. 이상하게도 다행이라는 생각이 들었다. 그래도 아버지는 살아나셨으니까…… 그렇지만 마음 한편으로는 어떤 죄책감 같은 것이 있었다. 가끔 스마트폰에 남아 있는 개의 사진을 들여다본다. '개복치를 살려라'라는 게임은 실제로 해보지는 않았다. 그런 게임이 있다는 것을 제자에게 듣고, 그것을 시에 접목해보자고 생각했다.

관진평(關錦鵬): 1957년 홍콩 출생의 영화감독. 이 시집에서는 관진평의 영화 두 편을 참조했다. 〈연지구〉(1987)와 〈롼링위〉(1991)가 그것. 두 편 모두 영화 제목을 그대로 시의 제목으로 썼다. 사실 〈란위〉(2001)에 대해서도 썼지만, 어쩐지 탐탁지 않은 작품이 되어버려서 발표를 하지 못하고 있다. '거울'을 통해 등장인물들의 심리를 보여주려고 하는 점이 흥미롭다.

구체 관절 인형: '플랫' 연작에 쓴 말. 내 시에서 '인형'은 코드로 사용되고 있다. 그중에서도 '구체 관절 인형'은 내 '트레이드마크'다. 『안국동울음상점』(랜덤하우스, 2007)에 실린 「권야」 때 처음 썼다. 대학 때 구체 관절 인형 카페에 가

입한 적도 있는데, 워낙 값이 비싸서 실제로 구체 관절 인형을 가진 적은 없다.

권태: '권태' 연작은 사실 '공역(空域)'이란 제목의 다른 연작에서 골라 고쳐 쓴 것이다. '공역' 연작은 열 편 정도 썼는데, 패턴이 비슷해서 모두 지면화하는 것은 포기했다. 현실 세계와 가상 세계를 넘나드는 구조를 기본 설정으로 한 연작이다. 「건담」 이후의 모빌슈트 아니메를 떠올리며 썼다. 일본의 라이트노벨 같은 느낌을 주려고 노력했다. 시에 관한 고정관념을 허물어보자는 취지로 연작을 일으켰는데, 아무도 이 연작에 대해 관심을 보이지 않았다. 문학평론가들이 서브컬처에 대해서는 잘 모르는 것 같다. 「최소한의 사랑」에 나오는 술 취한 남학생의 에피소드는 실제로 있었던 일이다. 그 학생이 내게 시의 존재 의의에 대해 다시 생각하게 해주었다는 말을 이 자리에서 밝혀두고 싶다.

김경훈: 시인. 1962년 제주 출생. 시집으로 『운동부족』 (1993) 외 다수가 있음. 4 · 3과 관련하여 중요한 작품들을 내놓고 있다. 그의 작품들은 4 · 3의 베일에 가려진 진실, 우리가 보려고 하지 않는 폭력적인 진실을 백일하에 폭로한다. 그의 「잠복」이라는 시를 「April」의 머리글로 써보았다.

꿈의 상자: 이 시의 화자는 여성이다. 상황이 다소 작위적

이지만, 꿈을 박탈당한 젊은이들의 일상을 상징적으로 표현해보고 싶었다.

나락(奈落): 내가 편애하는 시어 중 하나다. 이 시집의 「신들의 집」에서도 썼다. '지옥'이란 말 대신 '나락'이라는 말을 쓰고 있다. 『연꽃의 입술』(문학동네, 2011)에 실린 '구원(久遠)' 연작에서 처음 쓴 것 같다. 이 어휘는 내가 딱히 불교도여서 쓰고 있는 것은 아니다. 텔레비전 아니메 〈이누야샤(犬夜叉)〉에 '나락'이라는 악역이 있다. 일종의 알레고리인지 모르겠다.

남천(南天): 어린 시절 우리 가족은 할아버지가 경영하던 중국집에서 살았다. 언제나 손님들로 북적댔다. 그런데 어느 날인가는 시에서도 그런 것처럼 식당 옥상에서 눈을 굴리고 논 기억이 있다. 사진도 어딘가에 남아 있지 않을까 싶다. 조부모님들 눈치를 보느라고 마당에서는 못 놀고 옥상에서 놀았다. 내 고향에서는 눈이 흔하지 않았는데 아마 폭설이 내리고 난 뒤의 날이었나보다. 어쩌면 그렇게 옥상 청소를 한 것인지도 모르겠다.

내가 코피를 쏟으면: 현재의 시점에서 과거를 돌이켜보면 모든 것이 필연이나 운명인 것처럼 느껴질 때가 있다. 국어 선생님의 칭찬만 없었다면 나는 '삼성맨'이 될 수도 있었지만,

결과적으로 그 칭찬 탓에 시인이 되고 말았다고 분개하는 일도 있는 것이다. 그러나 과거의 시점에서 현재(즉, 미래)를 보면, 그것은 먼 미래의 불확실한 일에 지나지 않는다. 국어 선생님의 칭찬은 '이 나'를 '국어 교사'로 만들 수도 있었고 '국회의원 보좌관'으로도 만들 수 있었다. 결국 과거의 시점에서 현재를 보았을 때, 지금의 '이 나'는 뿌연 확률의 세계로만 존재한다고 할 수 있다. 이 시는 운명론에 대한 반대를 표명하고 있다.

대니 보이: 이 포크송은 내가 좋아하는 곡이다. 『안국동울음상점』에도 같은 제목의 시가 실려 있다. 그 시가 마음에 들지 않아서 새로 쓴 것이 이 시집에 실려 있는 「대니 보이」다. 원곡의 가사와 이 시는 크게 관련이 없는지도 모르겠다. 왠지 나는 이 곡을 '우정'과 결부시키고 있다. 어른이 되면 소년 시절의 깨끗한 우정은 좀처럼 지키기 어려워지는 게 아닌가 하고 생각한다. 누군가 먼저 취직을 하고, 먼저 혼인을 하고, 먼저 저 세상으로 떠나고⋯⋯

대형 전광판: '플랫' 연작에 쓴 말. 나는 이 낱말도 좋아한다. 『안국동울음상점』의 「천사」에서도 썼다. '도시'를 떠올릴 때, 나는 이 낱말을 떠올리지 않을 수 없다. 그것은 내 시집에서 빛을 내뿜고 있다. 이번 시집에는 이런 '자연광이 아닌 빛들'에 크게 의존했다. 텔레비전, 스마트폰 등에서 흘

러나오는 빛.

데라야마 슈지(寺山修司): 일본의 가인 겸 극작가. 장르를 뛰어넘는 콜라주 실험을 한 전위적인 아티스트로 여겨진다. 이 사람의 작품으로는 〈책을 버리고 거리로 나가자〉라는 영화밖에 본 것이 없다. 언젠가 시인 김경주가 '데라야마 슈지'를 알지 않느냐고 물어서 모른다고 답한 적이 있는 것 같다.

레몬옐로: 대학 시절 교내 매체의 문학상에 도전한 일이 있다. 신경림 선생님께서는 심사평에 시를 누구에게 배웠는지 모르겠지만 기교에 흐른 것이 못마땅하다고 써주셨다. 상당히 준열한 꾸짖음이었다고 여겨진다. 그런데 그때 투고한 작품 중 「레몬빛 밤」이라는 시는 제법 읽을 만하다고 써주기도 하셨다. 이 시는 그때의 「레몬빛 밤」과는 다른 시지만, 대학 시절 자취방에서 창문을 통해 본 하늘의 색깔을 모티프로 삼은 것이다. 비가 억수로 오는 날이었는데 창이 노랗게 보였다. 여담이지만 2014년인가 2015년인가 백담사에서 신경림 선생님을 뵌 적이 있다. 저 '준열한 꾸짖음'에 대해 내가 항의 비슷한 것을 해보았다. 선생님은 기억을 못하신다고 하셨다. 당신께 원한을 품고 시인이 된 이들이 많다고 덧붙여주셔서 그것으로 위안을 삼았다.

로드 스튜어트(Rod Stewart): 1960년대 후반부터 활약한 영국의 록가수. 허스키한 목소리가 매력적이다. 정작 「밤의 세계관」에 그 가사를 인용한 곡 〈It's not the spotlight〉는 원곡자의 목소리로는 들어본 적이 없다. 어떤 젊은 여가수가 리메이크한 곡을 심야 프로그램에서 듣고 「밤의 세계관」을 쓰게 되었다.

미궁(迷宮): 「하늘색 습작」에 쓴 말. '미궁'은 우리의 내면이며, 그 안에는 어떤 수성(獸性)을 가진 것이 도사리고 있다. 희랍 신화의 '아리아드네 이야기'를 떠올리면서 썼다.

백납: 「수유리 흰 달」에 쓴 말. '백반증'이라고도 한다. 어렸을 때 친구들 중에는 이런 백납을 앓는 친구들이 꽤 있었다. 요즘 들어서는 거의 못 본 것 같지만, 그것은 생활 반경이 달라진 탓인지도 모르겠다.

벼룩시장: 시인 성동혁씨 덕택에 2014년의 '부끄부끄 부띠끄' 행사에 참여했다. 나는 장사에 소질이 없다는 것을 그 행사를 계기로 알게 되었다. 이 시에 여러 이름들이 등장한다. 김근 형, 유형진씨, 김혜나씨께 양해를 구한다. 원래 이 행사는 '플리 마켓'이라는 이름을 달고 있다. 무언가 세련된 일을 하고 있다는 느낌이 들게 하는 외래어다. 그래서 '플리 마켓'이라는 말은 나와는 조금 안 어울린다.

선충(船蟲): 「가파도」에서 쓴 말. '갯강구'라고도 한다. 가파도에 가서 처음으로 본 생물이다. 큰 바퀴벌레를 닮았다. 워낙 떼로 몰려다니기 때문에 기어다니는 소리가 들릴 정도다.

수유리 흰 달: 선한 것만이 문학이 되는 것은 아니다. 예술은 경우에 따라서는 범죄와 구분이 어려운 경우도 있다. 이렇게 말하면 또 예술은 범죄라고 내가 주장했다고 말할 사람이 분명히 나올 것이다. 가령 오만원 지폐의 앞면만 컬러 복사기로 복사를 하고 뒷면은 자기 전시회에 초대하는 글을 새겨넣는다면, 그것은 예술일까, 범죄일까…… '문단 내 성폭행' 사건 이후로 이 시집에 이 시를 넣어도 좋을까 고민을 했다. 우리의 삶은 언제나 정의로운가 하면 반드시 그렇다고만은 말할 수 없을지도 모른다. 때로는 추잡한 일도 있을 것이다. 그것을 선한 것으로 포장하면 오히려 '위선'이 된다.

시: 「시」는 이창동 감독의 영화 제목을 그대로 가져다 썼다. 그런데 이 시는 사실 이창동 감독의 영화보다는 2016년에 있었던 '문단 내 성폭력'을 둘러싼 소란과 직접 관련이 있다. 습작생들에게 들려주고 싶은 말을 이 시에서 대놓고 했다. "시인이 안 되어도"에 방점을 찍어서 읽어주었으면

싶다. 시인은 연예인이 아니다. 그리고 이 시에서 작은따옴
표로 묶은 것들은 모두 패러디다. 그 출처에 대한 이해 없이
도 이 시를 읽는 데 아무 문제가 없을 것 같아서 굳이 출처
를 밝히지 않는다. 대개는 서브컬처 작품의 제목을 변형한
것들이다. 고상한 '시'를 서브컬처를 이용하여 상대화하려
는 전략을 이 시에서는 취해보았다.

시칠리아노: 〈Sicilienne op. 78〉이라는 바흐의 곡을 듣고
쓴 시다.

왕자웨이(王家衛): 1990년대에 이십대였던 사람들에게 이
이름은 쉽게 잊힐 수 없다. 홍콩 반환, 세기말, 디아스포라
등의 키워드와 함께 금색 가발을 쓴 린칭샤(林青霞)의 표상
은 오래도록 기억될 것이다. 흔들리는 영상 위에 입혀진 배
우들의 내레이션을 듣고 있노라면 누군가의 고백을 듣고 있
다는 생각에 빠지곤 한다. 나는 요즘도 가끔 그의 영화들을
본다. 전혀 질리지 않는다.

용문객잔: 동명의 영화 제목을 그대로 시의 제목으로 삼았
다. 『안국동울음상점』에서도 이 제목으로 시를 쓴 바 있다.
호금전(胡金銓)의 영화를 참조하지는 않았다. 차이밍량(蔡
明亮)의 〈안녕, 용문객잔〉(2003)도 내 시와는 관계가 없다.
오히려 텔레비전 시리즈의 영향을 받았다. '연남동'이라는

부제가 붙어 있다. 연남동에서 동업자들과 배회한 어느 날의 감상을 시로 만들어본 것이다.

유령: '유령' 연작은 '신체의 희미해짐'이라는 아이디어에서 출발했다. 우리를 둘러싸고 있는 미디어 환경이 급격히 변화해감에 따라 우리의 '사회적 신체'도 바뀌고 있다. 스마트폰을 통해 웹에 접속하는 순간 우리는 어디에 있게 되는 것일까. 그리고 우리의 '발밑'이 흔들리고 있다는 것에 대해서도 말하고 싶었다. 세계는 유동성을 띠고 있고, 우리의 존재는 더이상 자명하지 않다. 어떻게 우리는 우리의 존재를 증명할 것인가, 하는 것을 묻고 싶었다. 그러니까 이것은 '진짜(?) 유령'에 관한 이야기는 아니다. 「좀비 일기」에 나오는 '영화'는 〈백발마녀전: 명월천국〉(2014)이다. 이 영화는 그다지 좋은 영화는 아닌 것 같은데, 마지막에 고(故) 장국영의 노래가 나오는 부분이 방심한 관객들의 마음을 파고드는 면이 있다.

이중섭: '이중섭' 연작은 낡은 형식으로 썼다. 이 연작은 전기물에 대한 내 취향을 반영하고 있다. 어떤 면에서는 이중섭과 나를 동일시하면서 쓴 것들이다.

종로 오가: 황인찬씨의 '종로' 연작을 읽고 쓴 시다. 일종의 '헌정시'다. 황인찬씨에게는 알리지 않고 헌정했다. 황인찬

씨의 '종로'는 어딘가 탈역사적인 분위기인데, 나는 역사를 좀 끌고 들어가보면 어떨까 하고 쓴 것이다.

지장보살: 「전전(轉轉)」에서 썼다. 지옥에서 고통받는 중생들을 구원하는 보살이다.

커피포트: 이 시를 발표하고 나서 그 '커피포트'의 의미가 무엇인지 묻는 사람을 몇 명 만났다. 그것은 여전히 모르는 상태로 남아 있어야 하는 것이다. 우리의 삶은 어느 한구석에서는 반드시 불투명한 부분을 포함하고 있다. 한편 이 시가 시인 자신의 이야기인지 궁금해하는 오지랖 넓은 사람도 몇 명 있었다. 시는 일기가 아니다. 하나의 체험이 한 편의 시와 대응된다기보다 여러 개의 체험이 한 편의 시에 녹아 있다는 말도 할 수 있을 것이다.

키메라: 어린 시절에 『괴수대백과』 같은 데서 보았다. 서브컬처 작품에 종종 등장한다. 유전학적으로 한 개체에 서로 다른 종의 유전 정보가 혼재해 있는 것을 지시하기도 한다. '유령' 연작에서 '키메라'는 플레이어가 선택할 수 있는 캐릭터의 일종으로 다루어졌다. 그런데 개인적으로 나는 30여 년 전에 게임을 끊었기 때문에 게임에 대해서 말한다고 해도 '현역의 실감'에는 미치지 못하는 것이 아닌가 싶다.

텔레비전: 이 시집에서 많이 쓰인 시어 중 하나다. 가장 많이 쓰인 것이 아닌가 싶다. 내게 있어서 텔레비전은 일종의 '테마파크'이고 '유원지'다. 텔레비전은 일종의 '권력'이다. 권력이긴 권력이지만, 나는 자발적으로 텔레비전에 굴복한다. '신체'에 직접 작용하는 '근대형 권력'과는 다르다. 텔레비전은 내 '주체성'을 용해시켜버린다.

토끼성애자/ 병맛: 「벽공무한」에서 이 말을 써보았다. 그런 말들이 우리말을 망치고 있다는 뉴스가 나오는 것을 언젠가 접했다. 그럴지도 모른다. 그럼에도 시인들이 언중들의 언어 변화에 더 민감해질 필요가 있다. 최근의 한국시에는 어휘가 상당히 빈곤해진 감이 있다. 문학작품에서는 일본어의 잔재도 경우에 따라서는 쓸 수 있고, 각종 비속어도 쓸 수 있다. 그리고 반드시 그것을 써야만 하는 경우도 있다. 이 시에 '여동생'이 나오는데, 내게는 여동생은 없고 남동생이 하나 있다. 그애는 이 시집의 「페르소나」라는 시에 등장한다.

플랫(flat): '플랫'이란 제목으로 십여 편의 연작을 발표했다. 이 연작 중 일부는 『라플란드 우체국』(실천문학사, 2013)에 실려 있다. 『라플란드 우체국』에 실은 것들이 더 완결성을 띤 것들인지 모르겠으나, 그 시편들이 이 연작의 전부는 아니다. '플랫' 연작은 웹 공간을 염두에 두고 쓰기 시작했는데, 쓰다보니 이런저런 사회문제로 화제의 폭이 넓

어졌다. 「암시」는 '오대양 사건'을 참조하여 쓴 것이다. 「유리벽」은 '세월호 사건'을 참조했다. '커널 샌더스'는 'KFC 할아버지'다. '유병언'이 미디어에 계속 노출되면서 소비되는 현상에 대해 말하고 싶었다. 이 연작은 시집의 여러 곳에 흩어놓았다. '플랫'은 산재(散在)하기 때문이다. '유비쿼터스'다! 이 연작을 읽고 문화평론가 임태훈씨가 에드윈 애벗(Edwin Abbott)의 『플랫랜드』를 떠올렸다는 말을 해주었는데, 나는 아직도 이 작품을 읽지 못하고 있다.

흡혈귀 불충분: 이 시의 아이디어는 니시오 이신(西尾維新)의 『상처 이야기』에서 얻은 것이다.

DSM-IV: '플랫' 연작에 나옴. 정신장애진단통계매뉴얼(Diagnostic and Statistical Manual of Mental Disorders)의 네번째 버전.

장이지 2000년『현대문학』신인추천으로 등단했다. 시집으로『안국동울음상점』『연꽃의 입술』『라플란드 우체국』『안국동울음상점1.5』『해저의 교실에서 소년은 흰달을 본다』, 평론집으로『환대의 공간』『콘텐츠의 사회학』『세계의 끝, 문학』등이 있다. 김구용시문학상, 오장환문학상을 수상했다. 현재 제주대학교 국어국문학과 부교수로 재직중이다.

문학동네시인선 106

레몬옐로

ⓒ 장이지 2018

1판 1쇄 2018년 5월 31일
1판 6쇄 2022년 1월 31일

지은이 | 장이지
책임편집 | 김봉곤
편집 | 강윤정 김영수 김필균
디자인 | 수류산방(樹流山房) 본문 디자인 | 유현아
마케팅 | 정민호 이숙재 박보람 한민아 김혜연 이가을 안남영 김수현 정경주
      이소정
브랜딩 | 함유지 김희숙 함근아 정승민
제작 | 강신은 김동욱 임현식
제작처 | 영신사

펴낸곳 | (주)문학동네
펴낸이 | 김소영
출판등록 | 1993년 10월 22일 제406-2003-000045호
주소 | 10881 경기도 파주시 회동길 210
전자우편 | editor@munhak.com
대표전화 | 031) 955-8888   팩스 | 031) 955-8855
문의전화 | 031) 955-8895(마케팅), 031) 955-8865(편집)
문학동네카페 | http://cafe.naver.com/mhdn
북클럽문학동네 | http://bookclubmunhak.com

ISBN 978-89-546-5133-2 03810

www.munhak.com

문학동네